Nicolas Noël raconte...

L'ogre
du Mont Bleu

Merci!

Un merci immense à tous les lutins, fées, fées marraines, elfes des neiges, mages et magiciens qui ont cru en moi. Je sais que vous vous reconnaissez. Soyez heureux et heureuses. Vous le méritez, nous le méritons tous...

Les éditions du petit monde

Les éditions du petit monde
2695, place des Grives
Sainte-Rose, Laval
Québec H7L 3W4
450-622-7306
www.leseditionsdupetitmonde.com
Déjà parus aux éditions du petit monde, tous les livres de la série Nick la main froide
(www.nicklamainfroide.com).

Direction artistique de l'édition : François Tardif

Idée originale : Daniel Blondin (www.nicolasnoel.com)
Photo : Bianca Iasenzaniro, Grafica foto shoppe (www.graficafoto.com)
Conception graphique et retouches de l'illustration couverture : Créations HD (www.creationshd.com)
Illustrations : Karine Comtois
Corrections : Denise Ménard
Corrections et révision linguistique : Josée Douaire

Dépôt légal,
Bibliothèque nationale du Québec, 2008

Copyright 2008 Les éditions du petit monde
Imprimé au Canada

L'ogre
du Mont Bleu

$\mathcal{U}$n jour, je reçus une lettre très spéciale d'un ami tout à fait extraordinaire...

Cher Nicolas,

Un petit mot simplement pour te dire que j'ai encore déménagé. J'habite maintenant, depuis hier soir, sur le Mont Bleu dans une belle et grande maison en bois rond. Si je suis déménagé, c'est à cause des gens du village où je vivais. Ils avaient tous peur de moi, tout comme ceux du village d'avant d'ailleurs. Pas facile d'être un ogre et de vivre en-dehors du pays des ogres. Pourtant moi, j'aime voyager. J'adore connaître de nouvelles contrées et me faire de nouveaux amis. Mais cela semble très difficile pour moi. Tout semble calme et paisible aux alentours. J'adore. J'espère qu'ici, personne n'aura peur de moi. Je crois que j'ai enfin trouvé l'endroit rêvé pour m'installer et bâtir ma vie. Donc, cher Nicolas, ne te gêne pas pour me visiter dans ma nouvelle maison. Si tu veux venir prendre le thé ou manger mon pain (je sais que tu l'aimes bien garni de petit beurre au miel), tu seras toujours bienvenu. J'ai aperçu un village en bas de la montagne. Demain, j'irai peut-être y faire un tour pour voir si les gens sont plus accueillants.

Signé : Gribouille, l'ogre du Mont Bleu.

Tout avait toujours été très calme dans le petit village nommé Ordinaire, situé sur le flanc ouest du Mont Bleu, jusqu'à l'arrivée de l'ogre Gribouille. Il n'y a jamais eu d'événements extraordinaires et encore moins de phénomènes spectaculaires. À Ordinaire, les gens sont... ordinaires. Bien sûr, je visite ce village une fois par année comme à l'ordinaire pendant la nuit de Noël. Les enfants de ce village ne sont pas très exigeants. Leurs demandes pour les jouets sont toujours très ordinaires.

Il y a dans ce village un magasin général tenu par Jacques le boiteux. Cependant, Jacques, lui, a quelque chose de... moins ordinaire.

C'est un gnome. Un gnome est une espèce de lutin ou de petit génie des profondeurs de la terre. Jacques le gnome a décidé, un jour, de vivre avec les humains. À première vue, comme il est boiteux et plutôt laid, Jacques est très repoussant. Pourtant, tous les gens du village le saluent comme s'il était un ami. Il est poli et bien élevé et malgré sa différence, les gens semblent beaucoup l'apprécier. Il est même respecté par le conseil de ville où il siège comme représentant des commerçants du village.

D'ailleurs, ce jour-là, à la réunion du conseil de ville, le maître Bûcheron du village, un peu inquiet, prit la parole :

« Je vous le dis, moi ! Il y a un monstre ou quelque chose de pas trop ordinaire dans cette montagne. Ça fait 24 heures maintenant que, du camp, j'entends des bings ! bings ! Et des bangs ! bangs ! Et des tocs ! Et encore des tocs ! Sans compter les grognements qui m'ont empêché de dormir durant toute la nuit. »

« Allons donc, maître Bûcheron ! rétorqua le maire de la ville d'Ordinaire qui ne voulait pas plus de soucis qu'à l'ordinaire. Vous avez sûrement rêvé tous ces grognements à force de trop travailler seul dans les bois. Quant à tous ces bangs, ces bings et ces tocs, comme vous le dites, c'est sûrement l'écho de votre hache mal affûtée frappant les arbres. Aiguisez-la et tout ira pour le mieux ! »
« Mais puisque je vous dis que j'ai entendu... » tenta le bûcheron.

« Suffit, maître Bûcheron ! dit le maire. N'oublions pas que nous vivons à Ordinaire et qu'il serait bon que tout reste très ordinaire par ici. Plus un mot et la séance est levée. »

Maître Bûcheron retourna à son campement. Avant de se coucher, il affûta sa hache comme l'avait suggéré monsieur le maire.

Le lendemain, après un bon petit déjeuner, l'ogre Gribouille prit le sentier menant au village d'Ordinaire.

Dès qu'il descendit la montagne, la terre se mit à trembler et tous les gens du village paniquèrent. Ils se demandaient tous ce qui pouvait bien se passer.

« Mais pourtant..., dit le maire à la séance du conseil de ville, il n'y a jamais eu de tremblement de terre à Ordinaire ! »

Tout en descendant de la montagne, l'ogre entendit un cri et vit devant lui le bûcheron tremblant de peur qui laissa tomber sa hache.

« Je savais bien moi que ce n'était pas ma hache qui était mal affûtée ! Il y a un monstre ici. On veut me manger !!!! »

« Mais non ! Mais non ! Attendez ! Je ne veux pas vous manger, ni vous croquer, voyons donc ! » dit Gribouille de sa grosse voix tonitruante. Mais le maître Bûcheron, aveuglé par la peur, ne voulut rien entendre et prit panique quand l'ogre, pour lui parler, s'avança encore plus près de lui.

« Catastrophe ! Sauve qui peut ! Au secours ! À l'aide ! Un ogre ! » et, prenant ses jambes à son cou, il se précipita au village pour alerter tout le monde.

« Mais non, ne vous sauvez pas ! Attendez-moi ! Je suis un ogre, mais je suis gentil, vous allez voir ! »

Gribouille continua donc sa descente vers le village. Il était convaincu qu'il réussirait cette fois à raisonner les gens.

« Je vais leur prouver que je ne suis pas l'affreux qu'ils croient que je suis. » se dit l'ogre en suivant le bûcheron jusqu'au village.

Il était déterminé plus que jamais à se faire de nouveaux amis. Sa stratégie était fort simple ; il allait présenter son plus beau sourire à la première personne qu'il rencontrerait. Ensuite, il leur cuisinerait son bon pain puisqu'il était un boulanger hors pair et le tour serait joué. Il serait bien accueilli.

« Ainsi, ils ne pourront pas se tromper sur mes intentions. » se dit-il, de plus en plus confiant.

Évidemment, cela ne se passa pas comme il l'avait prévu.

« Mes salutations, chère madame. » dit l'ogre à la vieille Michou, une gentille dame presque centenaire qui passait par là.

« Impertinent, jeune ogre ! Vous êtes vulgaire, arrêtez de me faire des grimaces ! » s'insurgea-t-elle en voyant le large sourire de la bête rempli de dents toutes plus pointues les unes que les autres.
« Mais je ne vous fais pas de grimaces, je veux seulement vous serrer la main ! »
« Hé ho ! Allez vous-en ! A-t-on idée de faire peur ainsi à une vieille dame ? » dit-elle en s'enfuyant.

Et tous au village, sous l'emprise de la peur, se mirent à insulter Gribouille. Ils lui reprochaient sa visite au village. Le maire essaya de le faire fuir.

« Je... J'exige mon... monsieur l'ogre,... que vous qui... que vous quiqui,... que vous quittiez notre vi... notre village immédiatement ! Jamais nous n'a... nous n'a... nous n'accepterons de vous donner nos enfants pou... pou... pour votre dîner ! » osa le maire en tremblotant devant cet immense visiteur.

« A-t-on idée de venir déranger les gens ordinaires dans un village ordinaire par une journée tout aussi ordinaire. » ajouta le fermier Hubert, jouant au brave mais se protégeant tout de même du géant en se tenant derrière son tracteur.

« En plus monsieur, ajouta Gilles, le tailleur, se cachant derrière ses habits, on s'habille correctement lorsqu'on se présente chez les gens ! Regardez votre allure. Si au moins vous cachiez votre visage si... si... laid ! »

« Encore faudrait-il... qu'il regarde où il marche avec ses souliers mal cordés ! » ajouta Yvan, le cordonnier.

« Il écrase tout sur son passage. » remarqua d'ailleurs Lina. Découragée, elle regarda son panier de pommes dont les fruits venaient d'être écrasés en compote par le monstre inconnu.

L'ogre chercha à rassurer tout le monde. Il voulait leur expliquer qu'en fait, c'était leur peur qui faisait que tout cela arrivait.

« Attendez ! Laissez-moi vous expliquer ! Je ne suis pas ce que vous croyez… je ne veux de mal à personne… je cherche seulement à me faire des amis. Vous fuyez pendant que moi, maladroit, j'écrase tout. Laissez-moi faire, je vais tout réparer ! Je ne veux pas vous manger, je veux vous faire à manger ! Vous aimez le bon pain ? »

« Va-t-en ! »

« Ne reviens plus ! »

« On ne veut pas de toi ici ! »

« Passe ton chemin ! »

« Plus loin, beaucoup plus loin ! »

« Et qu'on ne te revoit plus ! » disaient les gens du village en se regroupant et en espérant faire fuir l'ennemi.

L'ogre voyait bien que les villageois tremblaient de peur.
Il sentait bien qu'on ne l'écoutait même pas. Pour eux, il était déjà un ennemi. Il savait bien aussi qu'il aurait pu les détruire tous tellement il était grand et fort. Mais il ne voulait que la paix et servir de nouveaux amis avec ses talents. Mais il fallait bien se rendre à l'évidence, ici non plus, il ne serait pas bien accueilli. Cela le désolait.

Jacques le boiteux, témoin de la scène, avait bien compris, lui, que l'ogre n'était pas si différent à l'intérieur de lui, dans son coeur. Il se rappela alors que pour lui aussi à son arrivée ici, ce fut difficile de se faire accepter au village d'Ordinaire à cause de sa différence. Il aurait bien voulu aider l'ogre mais il ne savait pas trop comment lui, un gnome si petit, pouvait venir en aide à un géant !

Gribouille rentra chez lui, dans sa nouvelle maison sur le Mont Bleu. Il était tout penaud. Il voulait s'enfuir mais pour aller où ? Il avait parcouru tant de pays et il avait été repoussé par tant de gens qu'il n'avait plus la force de fuir encore. Ce village était sa dernière chance de se faire accepter quelque part. Mais comment allait-il s'y prendre ? Il n'en avait aucune idée pour l'instant. Il décida donc d'aller se coucher :

« **La nuit porte conseil.** se dit-il en essuyant quelques larmes. **Demain, je trouverai bien un moyen de leur faire comprendre qui je suis vraiment !** »

Le lendemain matin, très tôt, on frappa à la porte de la maison de l'ogre.

TOC ! TOC ! TOC !

« **J'arrive ! J'arrive !** » dit Gribouille, tout heureux, pensant avoir de la visite de quelques personnes du village ayant compris qu'il n'était pas méchant.

« **Ah ! C'est toi, Nicolas !** » dit-il déçu en me voyant.

« **Eh bien ! Eh bien !** dis-je étonné. **En voilà une façon d'accueillir les gens ! C'est comme ça que tu accueilles le Père Noël ? J'avais décidé d'accepter ton invitation à prendre le thé. Tu te souviens de la lettre que tu m'as écrite ? J'étais très enthousiaste à l'idée de visiter ta nouvelle maison et j'avais très hâte de goûter à ton excellent pain au beurre mais si je dérange, je peux revenir à un autre moment !** »

Gribouille se mit aussitôt à pleurer à chaudes larmes.

« **Bou ! Hou ! Hou ! Personne ne m'aime, Père Noël, personne ne veut de moi. Comme je suis malheureux ! Bou ! Hou ! Hou !** me dit-il. Je ne comprends pas pourquoi les gens réagissent toujours si mal en me voyant. Tous me voient comme le méchant ogre venu manger leurs enfants et détruire leurs maisons ! Pourtant tout ce que je souhaite, c'est de m'entourer d'amis, de cuisiner mon pain et de le partager. Je rêve de saluer un passant en levant mon chapeau, de prêter une tasse de sucre à mon voisin, de rendre service, ... »

« **Allons ! Allons ! Mon brave ami ! Il faut concentrer ton énergie sur les choses qui en valent la peine !** lui dis-je. **Voyons ensemble comment pourrait-on résoudre cette situation avec un peu plus d'entrain et moins de découragement ! Je crois même qu'il y a une personne à Ordinaire que je connais très** bien et qui pourrait t'aider ! Viens ! Nous partons pour le village. Nous irons en traîneau, ce sera plus discret du haut des airs ! Sinon, ils auront peur encore une fois ! »

Nous montâmes tous deux à bord de Dagda, mon traîneau*.

Quelques minutes plus tard, j'atterris juste derrière le magasin général.

« Attends-moi ici, je reviens tout de suite ! »

« Oh ! Soyez sans crainte, maître Nicolas ! Je n'irai pas me promener sur la place du village, c'est certain ! D'ailleurs, je me demande bien ce que l'on fait ici, à Ordinaire ! Je ne crois pas que ce soit une bonne idée. Ça va encore être la catastrophe ! »

« Fais-moi confiance. » lui dis-je.

J'ai alors fait le tour de la boutique avant d'entrer par la porte du devant.

Gling ! Gling !

La petite clochette accrochée juste en haut de la porte d'entrée annonça mon ar-rivée.

Jacques le boiteux, le gnome propriétaire de la boutique, répondit sans même lever les yeux de son livre des comptes, occupé à des calculs, semble-t-il, très importants.

« Je suis à vous dans une minute. » me dit-il.
« Ho ! Ho ! Ho ! Mais je vous en prie cher ami, prenez tout votre temps, je ne suis pas pressé. Je suis ici pour vous voir et non pour acheter. Ho ! Ho ! Ho ! »

*Voir le livre : Nicolas Noël raconte… Rudolf, mon premier envol !

En entendant mon rire reconnaissable entre tous, il remonta les yeux vers moi.
« Père Nicolas Noël, c'est vous ? C'est bien vous ? Il y a si longtemps ! Que me vaut l'honneur de votre visite ? »

« En fait, je ne suis pas seul. J'ai un ami à vous présenter. Un ami qui a besoin de votre aide, cher ami Jacques. »

« Et où est cet ami ? Il n'est pas avec vous ? »

« Si ! Si ! Il nous attend derrière votre boutique. »

« Derrière ma boutique ? Mais vous en avez de drôles d'idées ! Je vous reconnais bien là, maître Nicolas. Toujours aussi mystérieux, n'est-ce pas ? Allons voir cet ami. Ne le faisons pas trop attendre. »

Jacques m'invita à passer par l'arrière-boutique. Avant qu'il n'ouvre la porte, j'ai pensé le préparer à la visite de Gribouille.

« En fait, Jacques, il faut que tu saches que… »

Mais Jacques ouvrit la porte et vit l'ogre, géant et laid.

« **Nom d'une bobinette !** fit Jacques, en voyant l'ogre. **C'est votre ami ? ? ?** » dit-il étonné mais pas du tout effrayé.

« Jacques, je te présente Gribouille, un excellent compagnon. Gribouille, je te présente Jacques le boiteux, un gnome au grand cœur. »

« Bonjour, monsieur Jacques ! dit Gribouille. Je suis ravi de constater que je ne vous effraie pas. »

« Je sais ! Cela n'est pas facile quand les gens ont peur de notre différence. J'ai vu hier tous les villageois qui vous chassaient. Je vous comprends, moi-même à une certaine époque, j'ai vécu la même chose, étant différent des gens d'Ordinaire. »

« Mais justement, comment se fait-il que les villageois vous acceptent malgré votre différence ? » ajouta Gribouille.
« Ah ! J'y suis, ça y est ! LA CAPE ! C'est pour cela que vous êtes venu me voir Père Noël, n'est-ce pas ? La cape ! La fameuse cape ! C'est ça ? »
« Disons que… je me suis dit… qu'étant donné les effets positifs qu'elle a eus pour vous… »

« Attendez-moi ! Je cours chercher la cape et je reviens. »

Il retourna dans l'arrière-boutique pour fouiller dans un vieux coffre. Il fit voler par-ci par-là toutes sortes de babioles auxquelles il ne prêta aucune attention sachant exactement ce qu'il cherchait.

« Voilà ! » cria t-il avant même de nous rejoindre. Puis il courut vers nous.

« Tenez, cher ami. Je l'ai retrouvée ! » dit-il, en tendant la cape vers Gribouille.

Lorsque Gribouille la prit, elle avait l'air d'un bout de chiffon dans ses énormes mains.

« Mais c'est une blague ! » dit-il.

« Vous pouvez tout faire avec ceci ! lui dit le gnome. Laissez-moi vous expliquer. Au début, quand je suis arrivé à Ordinaire, j'ai subi le même traitement que vous, monsieur Gribouille. À cause de mon

apparence bizarre, on ne voulait pas de moi ici. Comme vous, j'ai demandé l'aide de maître Nicolas qui à ce moment-là, m'a présenté quelqu'un, comme vous, malheureux de son apparence, à qui il avait déjà remis cette cape. Voyez-vous, cher Gribouille, il n'y a qu'une cape comme celle-là sur la Terre, une seule et elle est magique ! »

« Magique ? » demanda Gribouille.

« Oui, Magique ! » confirma Jacques le boiteux en riant.

« Voyez-vous cher ami, ajoutai-je pour donner quelques indices à Gribouille, les propriétés de cette cape magique permettent à celui qui la possède de changer d'apparence physique à sa guise. »

« Et moi, dit Jacques le boiteux, j'ai ainsi réussi à m'intégrer aux gens du village en me transformant en beau jeune homme ordinaire. Certes, j'ai toujours gardé les mêmes qualités à l'intérieur de moi. Je n'ai fait que changer d'apparence. Et avec toutes mes économies, j'ai construit ce magasin général. Quel meilleur endroit pour rencontrer plein de gens et pour mieux les comprendre et se faire des amis. »

« Puis, au fil des années, poursuivis-je, Jacques a décidé de garder encore la cape mais de reprendre progressivement son apparence originale. Un jour par exemple, tout en restant jeune, il a demandé à la cape de montrer à tous, sa jambe boiteuse et de la laisser comme elle est, c'est-à-dire plus courte, repoussante et bien sûr boiteuse. »

« Et progressivement, continua Jacques, heureux de raconter ses superbes souvenirs, je repris ma taille normale. Puis tout doucement, les gens ont aperçu mes balafres au visage et tous mes défauts physiques, mes laideurs et tout ce qui repousse tout le monde. En fait, je suis lentement redevenu moi-même. Et c'est ainsi que sans s'en rendre compte, les gens m'ont accepté tel que je suis. Pour eux, je n'étais plus un gnome venu des profondeurs de la terre, laid, petit et monstrueux, mais bien leur ami marchand qu'ils avaient tous appris à respecter. N'ayant plus besoin de la cape, j'ai alors voulu la rendre au Père Nicolas. Mais il a insisté pour que je la garde. »

« Oui mais Jacques... rappelez-vous ce que je vous ai dit à cette époque: gardez cette cape, vous en aurez peut-être encore besoin. Sinon... »

« ...sinon, coupa Jacques le boiteux, vous l'offrirez à quelqu'un qui en aura besoin ! Et ce jour arrivera sûrement ! »

« Et ce jour est arrivé ! » dis-je en souriant.
Gribouille, voyant les possibilités de se faire des amis et de pouvoir démontrer aux villageois ses

belles qualités intérieures, bondit de joie. Ce qui eut pour effet de faire trembler la terre.

« Ho là ! lui dis-je, **cher ami, calmez-vous ! Vous ne voulez sûrement pas attirer sur vous la colère de tout le village, cela pourrait faire échouer notre plan !** »
« **Et notre plan,** dit Jacques, **c'est que l'on vous donne la cape comme vous l'avez sûrement deviné !** »

« **Merci,** dit Gribouille en riant comme un enfant. **Pour vous remercier, je vous invite chez moi pour un bon repas. Nous trinquerons, cher Jacques, à notre nouvelle amitié.** »

Comme je devais partir pour l'Australie avant de retourner au pôle nord, je dus refuser gentiment l'invitation.

« **...je vous propose de vous raccompagner en traîneau, Jacques et vous, jusqu'à votre maison, sur le Mont Bleu, cher Gribouille.** »

Puis, arrivé chez l'ogre, nous nous sommes serré la main. Et, j'ai quitté le ciel du Mont Bleu, direction sud-sud-est ! Ce qui s'est passé par la suite pour Gribouille, l'ogre du Mont Bleu, est fantastique.

« **Entrez ! Entrez maître Gnome, vous êtes le bienvenu, faites comme chez vous.** » dit Gribouille tout excité de recevoir enfin un invité du village chez lui.

« **C'est très joli chez vous !** » dit Jacques le boiteux.

« **Merci, j'aimerais tellement recevoir tous les gens du village chez moi !** »

« **Patience ! Je suis sûr que cela viendra. Au fond, ce n'est pas de vous qu'ils ont peur mais de votre différence.** »

Et Gribouille servit un excellent repas à Jacques qui fut étonné de la qualité des mets que l'ogre lui faisait goûter. Son pain attira tout particulièrement son attention.

« **Mais d'où vient ce si bon pain ? Je n'en ai jamais mangé de pareil. Si moelleux, si goûteux et si léger !** »
« **C'est moi-même qui le fais !** dit Gribouille, fier de lui. **C'est une vieille recette familiale. Nous sommes**

boulangers de père en fils dans ma famille et le secret de ce pain se perd dans la nuit des temps. »

Après le repas, Jacques le boiteux remercia son hôte et le félicita encore une fois pour son pain si exquis.

« Je vous le dis, mon cher ami, ce pain est le meilleur à vingt lieux à la ronde. C'est sans aucun doute le meilleur pain de toute la région. »

Puis, il prit le chemin qui le menait au village d'Ordinaire.

Quand les villageois le virent arriver par le sentier de la montagne, les gens commencèrent à questionner le gnome:

« Où étais-tu ? »

« Nous étions inquiets, tu n'étais plus à ton magasin ! »

« Que faisais-tu dans la montagne ? »

« As-tu rencontré l'ogre ? »

« A-t-il essayé de t'attraper ? »

Jacques, vif d'esprit comme l'éclair, vit là une opportunité pour venir en aide à l'ogre.
« Mes amis ! J'ai effectivement rencontré l'ogre du Mont Bleu ! »

« Ho ! » fit la foule impressionnée mais surtout apeurée de savoir que le monstre était toujours dans les parages.
« Mais puisque nous ne voulons pas de lui chez nous, il m'a promis qu'il ne nous embêterait plus jamais et qu'il ne viendrait plus au village. »

« Ha ! Hourra ! Vive Jacques le boiteux ! Et bon débarras pour le vilain et horrible ogre. » dirent les villageois maintenant rassurés.
Par la suite, l'ogre prit un grand plaisir à utiliser au maximum les possibilités fantastiques de la cape.

Il essaya tout ce que son imagination lui suggérait. En enfilant sa cape, il devint donc un champion sportif, le plus bel homme de la planète, un vieux sage, un tout petit garçon orphelin, etc... Toujours, il trouvait ainsi le moyen d'entrer en relation avec les gens du village. Chaque fois qu'il entrait dans la peau d'un autre personnage, il disait aux villageois:

« Je viens de rendre visite à un ami nouvellement installé dans la région. C'est un ogre très gentil. Le meilleur ami du monde. Il s'appelle Gribouille et il fait un pain incroyablement bon ! »

Les villageois étaient toujours étonnés de voir redescendre les gens qui allaient chez l'ogre en disant qu'ils n'avaient pas de meilleur ami que l'ogre.

Bien sûr, Jacques aussi fit de même en disant aux villageois qu'il offrait ses produits à tout le monde et que Gribouille était honnête.

« Vous savez mes amis, disait Jacques, l'ogre paie toujours son dû à la fin du mois. C'est un honnête homme. »

L'ogre souhaitait que les gens du village commencent à le percevoir sous un nouveau jour. Et cela fonctionnait si bien que tous commençaient à murmurer à son sujet.

L'ogre aimait bien que l'on commence à parler en bien de lui. Mais ça ne lui suffisait pas. Il voulait trouver un moyen pour que les gens l'apprécient pour ce qu'il est vraiment.
Alors il réfléchit:

« Qu'est-ce que je sais faire de spécial, moi ? Qu'est-ce qui pourrait être apprécié vraiment des gens du village ? »

Il se rappela soudain la réaction de Jacques le boiteux lorsqu'il avait mangé son pain. Comme il aimait par-dessus tout le métier de boulanger, il décida de porter le grand coup! Il utilisera la magie de la cape pour se changer une fois par semaine en boulanger ambulant en ayant une apparence tout à fait ordinaire. En boulanger, il ne ressemblait plus du tout à l'ogre qu'il était. Ainsi transformé, il décida d'offrir aux gens du village ce qu'il était capable de faire de mieux, c'est-à-dire du très bon pain.

« Hé hé! Je vais leur faire un pain qu'ils n'oublieront pas de si tôt! »

Et cela fonctionna! Les villageois adoraient son pain. Il continua donc de les visiter une fois par semaine comme s'il était un boulanger ambulant ordinaire qui fabriquait un pain tout à fait extraordinaire.

Un jour qu'il passait par le village, toujours déguisé en boulanger et revenant de chez Jacques le boiteux, le maire du village l'apostropha dans la rue.

« Dites-moi, maître boulanger! Accepteriez-vous d'ouvrir une boulangerie directement ici au village plutôt que de venir seulement une fois par semaine? Ainsi, nous aurions accès à votre pain si exquis à tous les matins. »

« Je veux bien! » dit Gribouille en retenant sa joie.

« Tous les gens du village vous aideront à bâtir votre boulangerie tellement vous êtes hors de l'ordinaire. Qu'en dites-vous? Vous serez plus que bienvenu, cher ami! »

«Mais j'ai une demande spéciale à vous faire, demanda-t-il tout à coup, je voudrais que ma boulangerie soit faite à l'image de celui qui m'a montré le métier de boulanger. Mon maître était un géant, de la grandeur de l'ogre qui vit dans cette région mais qui ne vient jamais au village. J'aimerais que ma boulangerie soit très grande avec une immense porte. Ainsi, je pourrai accueillir plus de monde à la fois.»

Tout le monde trouva cela un peu curieux mais chacun souhaitait tellement manger de son pain à tous les jours qu'ils décidèrent de construire un immense bâtiment.

Il ne rêvait pas! Il était le bienvenu!

«Être bienvenu quelque part! Quel sentiment fantastique!» se répétait-il souvent.

Et le village entier s'affaira à construire une boulangerie gigantesque.

LA BOULANGERIE GÉANTE ÉTAIT MAINTENANT OUVERTE! ON L'APPELAIT:
BOULANGERIE MONT BLEU!

Tout le monde y venait avec grande joie et grand appétit.
Et Gribouille était heureux et ravi. Il était enfin installé dans un village où les gens l'appréciaient. Grâce à la cape!

Tous les matins, il revêtait sa cape magique et tous les jours, il vendait son pain. Il était un ogre mais personne ne s'en doutait. Puis, l'ogre redevint malheureux. Il souhaitait devenir copain avec les gens du village et même plus que copain, il voulait devenir leur ami.

«Mais pour être un ami, se dit-il, il ne faut plus que je mente comme ça! Il faut que les villageois me connaissent tel que je suis!»

Il voulait que les gens connaissent sa véritable identité. Lors d'une grande fête d'inauguration de la boulangerie, l'ogre, vêtu de sa cape, prit la parole devant tout le monde.

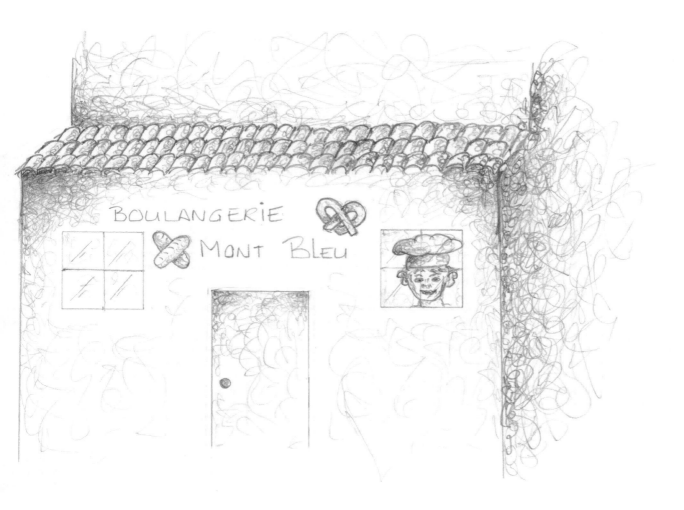

«Mes amis, vous êtes si nombreux et si gentils que je ne peux plus vous cacher la vérité plus longtemps. Je ne suis pas celui que vous croyez. En fait, oui et non! Il est vrai que je suis boulanger. Il est vrai que je suis gentil comme plusieurs me l'avez fait savoir: madame Michou, Jacques le boiteux, monsieur le maire et bien d'autres aussi. Mais depuis que vous achetez mon pain, je me présente à vous sous un masque pour éviter de vous effrayer. Aujourd'hui, vous allez enfin me voir sous ma vraie identité. Je veux rester moi-même pour être apprécié par vous pour ce que je suis. Voilà!» Et Gribouille ôta sa cape qu'il cacha pour la garder secrète. Il se montra comme l'ogre affreux, l'horrible géant aux dents effilées qu'il était.

Beaucoup de gens du village s'enfuirent à toute vitesse. Mais plusieurs avaient été étonnés et épatés par le courage de l'ogre de vouloir se faire accepter. Bien sûr, son ami, Jacques le boiteux, était là aussi. Il expliquait à tout le monde ce qui se produisait mais peu l'écoutait. L'ogre, même s'il avait réussi à convaincre quelques personnes d'accepter son amitié, était quand même déçu de constater que la plupart des gens le fuyaient encore. Encouragé par ses nouveaux amis et par Jacques le boiteux, il décida tout de même de continuer à faire son pain, de laisser sa cape de côté et d'être enfin Gribouille, l'ogre boulanger du Mont Bleu.

« Il faut faire confiance à l'intelligence et... à l'estomac de nos amis... dit Jacques le boiteux. **Fais ce que tu sais faire de mieux, fais du pain... les villageois reviendront et ils s'habitueront à toi. On ne peut plaire à tout le monde. Autrement, garde la cape et utilise-la ! Mais dis-toi que la meilleure façon de se faire de vrais amis, c'est de rester soi-même.** »

Pendant un mois, l'ogre fit du pain pour lui, pour Jacques et pour les quelques nouvelles personnes qui l'acceptèrent tel qu'il était. Puis, la bonne odeur du pain tout frais et tout chaud attira de plus en plus de gens dans sa boulangerie géante fabriquée à sa grandeur et à son image. Il réussit à entrer en communication avec d'autres personnes.

Au bout d'un certain temps, la patience et les bonnes odeurs du pain vinrent à bout de toutes les réticences. Pour rassurer les plus difficiles, il confectionna des petits pains au beurre que son ami Jacques accepta d'offrir à son magasin général. Et il répétait à tous:

« **N'oubliez pas, ce pain si bon et si parfumé a été fait par notre nouvel ami, Gribouille, l'ogre boulanger.** »

Un jour, après une dure journée de travail à la boulangerie, l'ogre aperçut sur sa patère la fameuse cape.

« **Tiens ! La cape magique. Je l'avais oubliée celle-là. Je suis tellement bien maintenant que je peux être moi-même sans avoir besoin de ça !** »

Il la plia et la rangea dans le fond d'un vieux coffre.

Depuis ce jour, au village d'Ordinaire, Gribouille le boulanger et Jacques le boiteux sont, pour les villageois, ou très grands ou très petits ou très laids. Mais ils sont surtout QUI ILS SONT ! C'est-à-dire des gens respectés pour ce qu'ils sont.

L'ogre a maintenant de bons copains, des amis même. Et parmi ses meilleurs amis, il y a le bûcheron qui aime son pain bien tranché et madame Michou qui elle, le préfère en miche. Le fermier adore, quant à lui, son pain de campagne multi-grains s'il vous plaît, alors que Gilles, le tailleur, ne peut plus se passer de son pain pita bien plat qu'il peut tailler à sa guise. Il y a aussi Yvan, le cordonnier, qui préfère, pour sa part, les pains bretzels bien entrelacés. Tous des gens bien ordinaires qui mangent des pains… différents et peu ordinaires!

La cape avait fait son effet et son temps. Gribouille était enfin à sa place dans le village d'Ordinaire qui devenait de plus en plus extraordinaire à cause des gens qui y habitent.

Plusieurs années plus tard, par un beau matin d'hiver, telle ne fut pas sa surprise de me voir entrer dans sa boulangerie suivi d'un petit garçon un peu bizarre.

«Bien le bonjour, maître boulanger! Blanche, ma compagne de vie, vous envoie ses salutations et voudrait bien quelques paninis ainsi qu'une boîte de vos délicieux biscottis à l'anis et au zeste de citron pour son thé. Pour ma part, je vous prendrais bien un pain Julekage (pain de Noël aux fruits scandinaves). Au fait Gribouille, auriez-vous toujours en votre possession le cadeau que je vous ai offert par le biais de votre ami Jacques un jour? Vous savez cette fameuse cape magique. Je pense que mon ami ici présent en aura besoin pour… disons quelque temps.»

L'ogre me répondit que…

«Oui, je suis prêt à donner la cape!»

Le petit garçon bizarre partit donc vers un autre village…

…mais ça c'est une autre histoire!

23

PETITE PHRASE MAGIQUE:

Pour accepter leurs différences,
je questionne mes amis.
Je repousse mon ignorance,
Au lieu de faire des moqueries.
C'est avec de nouvelles connaissances,
que grandissent mon COEUR et mon ESPRIT.

SAVAIS-TU QUE DANS LE MOT COPAIN, IL Y A LE MOT PAIN ?
LES MOTS COPAIN ET COMPAGNON VIENNENT TOUS DEUX
D'UNE VIEILLE LANGUE QU'ON APPELLE LE LATIN.
EN LATIN, COMPANIONEM VEUT DIRE : MANGER SON PAIN AVEC QUELQU'UN !
SYMBOLE DE PARTAGE... ET D'AMITIÉ !

GRIBOUILLE, LE BOULANGER, A BEAUCOUP DE COPAINS ET D'AMIS CAR IL A SU
PERSÉVÉRER ET SE FAIRE ACCEPTER TEL QU'IL EST !
LE TEMPS, LA PATIENCE ET SA BIENVEILLANCE ONT FAIT LEUR ŒUVRE !
ET TOUT LE MONDE EST CONTENT !

BRAVO GRIBOUILLE !